LE
DOIGTÉ DE GIBOYER

PAR

M. CONSTANT PORTELETTE

PARIS

IMPRIMERIE JULES-JUTEAU ET Cie, RUE St-DENIS, 341

1863

LE

DOIGTÉ DE GIBOYER

LE

DOIGTÉ DE GIBOYER

PAR

M. CONSTANT PORTELETTE

PARIS

IMPRIMERIE DE JULES-JUTEAU ET Cᵉ, RUE SAINT-DENIS, 341

1863

Si l'on trouve que je viens de faire un travail honteux en retraçant un caractère dégoûtant, à qui la faute? Est-ce moi qui ai inventé ce personnage? est-ce que je suis le public du Théâtre-Français, qui, chaque soir, l'applaudit?

Je m'adresse à tous les honnêtes gens de tous les partis.

Il y a, dans le *Fils de Giboyer*, tout un ensemble de pensées et de faits que je prétends négliger : je ne veux y voir que la personne de Giboyer, chef de famille

Je reviens de nourrice. Je ne sais pas le premier mot de l'histoire passée ou présente de mon pays ; je ne soupçonne pas qu'il puisse y avoir d'autre parti que celui des honnêtes gens, tous unis contre ceux qui ne le seraient pas.

Je prends à part Giboyer, Giboyer tout seul, et mon premier instinct est de souhaiter à un brave homme beaucoup d'enfants, de petits-enfants et d'arrière-petits-enfants qui lui ressemblent.

Maintenant, il y a, au Théâtre-Français, dans M. Giboyer tout court, deux choses : ce qui se dit, ce qui se voit sur la scène, d'une part; d'autre part, ce qu'on ne veut pas montrer, ce qu'on ne veut pas dire, mais qui se dit, se fait, s'accomplit nécessairement, quoique hors de la vue du spectateur ; ce qui est nécessairement sous-entendu : ce qu'il est impossible de séparer de M. Anatole Giboyer : ce qu'on applaudit, par une conséquence logique forcée, quand on s'attendrit, quand on pleure, quand on bat des mains en l'honneur de cet homme divinement bon.

J'ai voulu mettre le public à même de l'applaudir en parfaite connaissance de cause. Il m'a paru, à moi, divinement bon de ne rien laisser dans les coulisses, de faire parler tous les sous-entendus, de supprimer toute précaution, toute dissimulation, toute réticence, de pousser jusqu'au bord de la rampe, d'étaler, de retenir sur la scène en pleine clarté, dans toute sa vérité, ce spécimen de l'amour paternel au dix-neuvième siècle. « Il m'a fallu mettre habit bas. » Cela se dit au Théâtre-Français. Je trouve que c'est trop ou trop peu. Moi, je le montre habit bas, et je dis au public : Faites-lui la bouche en cœur.

Tout le monde en France connaît l'air : « *T'en souviens-tu? disait un capitaine.* » Voici, sur cette musique, le résumé de Giboyer; en composant les paroles, j'ai pleuré de tendresse; ancienne mélodie, pensée moderne, noble et douce fusion du vieil honneur et de l'esprit nouveau de la France! Les personnes qui voudront chanter le présent couplet, sont instamment priées d'y mettre beaucoup de sentiment.

Pour que mon fils échappe à la misère,
Je livrerais la France aux ennemis;
Pour embellir les jours de mon vieux père,
J'étranglerais volontiers tout Paris.
Mes petits-fils, à mon heure suprême,
Sont près de moi, je m'éveille un instant :
Il faut savoir, mes enfants, quand on aime,
Mettre habit bas, faites-en tous autant.

Je m'en réfère au Dictionnaire de l'Académie française, au Dictionnaire des Sciences, Lettres et Arts de M. Bouillet, à tous les dictionnaires possibles, article *Parodie*, pour prouver que je n'ai pas parodié M. Giboyer. Je n'ai parodié, dans ces pages, qu'une pensée de Pascal; j'espère qu'il me pardonnera. Quant à M. Giboyer, je ne l'ai en rien détourné de sa haute signification morale. J'ai mis les points sur les *i*. J'en ai fait la psychologie. Je suis descendu dans un égout, triste besogne, avec le costume de circonstance. J'en demande pardon aux honnêtes gens; cela n'est pas dans mes habitudes, mais j'ai pensé, comme dit M. Giboyer, qu'il n'y avait pas à tortiller. Pour bien mettre au jour la vérité, j'ai peut-être été brutal et grossier. Que serait-ce donc si je ne m'étais pas retenu? J'aime peu les effrontés qui prêchent la pudeur, mais j'ai voulu être franc.

C'est surtout en vue de l'avenir que j'ai poussé mon petit cri.

Voici la formule du moyen dramatique nouveau, accepté aujourd'hui, sanctionné encore plus par les applaudissements du public que par l'autorité incontestable de l'homme éminent qui s'égare. Définissons le moyen, enregistrons la formule, pour rendre à tout jamais impossible la reproduction de l'énormité dont s'accommodent en ce moment l'honneur et la raison dévoyés.

Dans une société que les passions politiques tourmentent, un misérable, présenté au public comme le principal et plus intéressant personnage d'un drame, peut être applaudi à deux conditions : premièrement, qu'il ait la conscience de son infamie, et que, par un escamotage de la sensibilité, un autre personnage puisse à la fois le condamner et l'absoudre; secondement, que les manœuvres de l'infâme se combinent avec le ridicule qu'on veut déverser sur un parti politique quelconque.

Nous réprouvons absolument ce moyen. En tout cas, la mèche est éventée. Nous n'en voulons plus. Je dis, nous, par entraînement : il me semble que tous les honnêtes gens doivent être unanimes sur ce point.

Je continue à laisser absolument de côté la comédie politique, soit sur le théâtre, soit ailleurs.

On me permettra sans doute de m'attacher uniquement à la première des deux conditions dont j'ai parlé; je crie bien haut, en terminant, que si, désormais, il suffit à un misérable, pour être supporté, excusé, applaudi, de confesser : Je sais bien que je suis un misérable; ou d'une petite précaution de l'auteur, qui le fera un peu admonester par la bouche d'un fils, notre théâtre est perdu.

En ce qui concerne l'inextricable et honteuse situation de Giboyer devant son fils Maximilien, j'ai eu beau me creuser la tête, je n'ai trouvé d'autre issue à cette impasse, que l'absurdité, aussi lamentable que bouffonne qui termine mon *Doigté de Giboyer*. Il fallait Molière, surtout en ce moment, pour nous dire tout ce qu'il en pense. Molière est mort : c'est plus que jamais grand dommage.

PERSONNAGES

GIBOYER

MAXIMILIEN

ATHANASE PIQUET, candidat au baccalauréat

FRANÇOIS, ouvrier

BENOIT

FERNANDE

Madame GÉRARD, grand'mère de Maximilien

LE

DOIGTÉ DE GIBOYER

Un ameublement vulgaire et de mauvais goût. A gauche, une table chargée de papiers, de pots de tabac et de pipes. En évidence, un gros manuscrit. A droite, sur la cheminée, une méchante glace tout entourée de lettres disposées à profusion et symétriquement dans toute l'étendue du cadre.

SCÈNE PREMIÈRE

GIBOYER, *seul, achevant de culotter une pipe.*

Les aristocrates et les démocrates, c'est de la canaille. Les orléanistes, les légitimistes, les bonapartistes, les socialistes, les républicains, c'est de la canaille. On décore tous les imbéciles, et je ne suis pas décoré. (*On frappe.*) Giboyer tout court, moi, avec mon éducation, mon esprit, mon talent ! (*On frappe.*) Les pauvres, les riches, les hommes, les femmes, les jeunes, les vieux, les vieilles, c'est de la canaille. Je les englobe tous sous cette dénomination. (*On frappe.*) Le peuple français c'est de la canaille, et c'est d'un bête ! Les étudiants c'est de la canaille, et les étudiantes aussi. (*On frappe.*)

SCÈNE II.

GIBOYER, FRANÇOIS.

FRANÇOIS.

Pardon, mais je suis pressé, papa Giboyer.

GIBOYER, *en colère.*

Monsieur Giboyer, s'il vous plaît. Papa Giboyer! Ce vocable! Ce vocable n'est pas de mise, butor. On dit : Monsieur Anatole Giboyer.

FRANÇOIS.

Ne vous fâchez pas; c'est par affection ce que je dis.

GIBOYER.

L'affection des blouses! Vous voyez bien que je suis pressé.

FRANÇOIS.

Et moi donc, papa Giboyer!... Allons, bon! c'est plus fort que moi, mais, voyez-vous, moi je vous aime parce que vous êtes un honnête homme, quoique vous soyez pauvre comme Job.

GIBOYER, *froissé.*

Je n'ai rien de commun avec Job. Je suis pauvre, pauvre, cela n'empêche pas le mérite personnel.

FRANÇOIS.

Oh! ça, je sais ce que c'est, quoique je ne parle pas si bien que vous; le mérite personnel, c'est l'honneur.

GIBOYER, *embarrassé.*

Certainement, certainement, mais on n'entre pas chez les gens, comme un voleur, sans frapper à la porte.

FRANÇOIS.

Oh! pour le coup, j'ai frappé, et si je suis entré, c'est que j'ai pensé que vous étiez encore, comme toujours, plongé dans vos réflexions. Dame! ce n'est pas là ce qui fait bouillir la marmite. Dites donc, un portefeuille, deux mille francs au moins, que je viens de trouver, et que je vous apporte, papa Giboyer... pardon, monsieur Giboyer.

GIBOYER, *vivement.*

Dites comme vous voudrez, mon ami, cela ne fait rien. Un portefeuille?

FRANÇOIS.

De l'or, de l'argent, des billets, que sais-je? tout le tremblement. Je n'ai pas le temps de porter ma trouvaille à la mairie. Mon atelier ouvre à heure fixe; la porte fermée, sans miséricorde, cinq minutes après Je n'ai que mon travail pour nourrir, avec moi, ma femme et mes enfants; pas le moyen de perdre une demi-journée! J'avais pensé à vous, monsieur Giboyer, pour mettre tout cela en mains sûres; mais vous êtes pressé.

GIBOYER.

Oh! une pratique à conduire au Père-Lachaise. Ces clients-là ne s'impatientent pas.

FRANÇOIS.

Cette fortune-là n'est pas à moi; maintenant que je l'ai trouvée, j'aurais presque autant de regret de la perdre que le légitime propriétaire, qui se désole en ce moment. Ne pleure pas, petit, il y a encore de braves gens dans le monde.

GIBOYER.

A qui le dites vous?

FRANÇOIS.

J'ai mis le portefeuille si avant dans ma poche, que je ne peux plus l'en tirer. Je ne voulais pas non plus le faire porter à la mairie par le premier venu. Dame! peut-être plus de deux mille francs qu'il y a là-dedans, c'est tentant, c'est bon à garder.

GIBOYER.

Fi donc!

FRANÇOIS.

Oui, fi donc! Vous avez bien raison. Aussi, pour ne pas succomber à la tentation, je me suis dit : Je vas tout remettre, le plus tôt possible, à papa Giboyer, qui est un honnête homme, lui. (*Il lui remet le portefeuille.*) Et, tenez, maintenant que me voilà débarrassé, je suis content. Merci. Vous ne tenez pas plus que moi à la récompense, vous; donc, je vous donne tout simplement de la peine, gratis *pro Deo*, ce qui veut dire je ne sais pas trop quoi, mais enfin, papa Giboyer, au revoir et merci.

GIBOYER.

François, tu es un brave garçon. François, ce qu'il faut aujourd'hui à la démocratie, ce sont des hommes de ta probité, de ta loyauté.

FRANÇOIS.

Je ne vaux pas mieux qu'une foule d'autres, mais cela ne fait rien; au fond, je suis de votre avis. Vous croyez peut-être que les enfants qui tètent, ne songent à rien aujourd'hui, ils pensent déjà à devenir millionnaires. Moi, je ne rougis pas d'être pauvre. A la grâce de Dieu! Je ne sais pas trop ce que trouveront après moi mes pauvres enfants, mais ce que je sais bien, c'est qu'ils n'auront pas à baisser les yeux quand on leur parlera de leur père.

SCÈNE III.

GIBOYER, *seul.*

(*Il ouvre le portefeuille.*) Mille, deux mille, deux mille francs, soixante-quinze francs, trente-cinq centimes! Brave ouvrier, noble cœur, je ne tiens pas plus que toi à la récompense. O Providence! hier je trouve un porte-monnaie et deux cent quatre-vingt-dix-huit francs cinquante-cinq centimes. Ce porte-monnaie, c'est pour mon vieux père! Ce portefeuille, c'est pour payer les fournitures, les droits d'examen de Maximilien. Tout pour mon fils, tout pour mon père, tout pour mon père, tout pour mon fils! Je mettrais le feu aux quatre coins de Paris, soit pour mon fils, soit pour mon père, s'il en était besoin. Heureusement, il n'en est pas besoin. Mon cher Maximilien! Mon gentil Maximil! Mon petit Max! En voilà un gaillard... (*Regardant sa pipe.*) Merveilleusement culottée! (*Appelant.*) Madame Gérard!

SCÈNE IV.

GIBOYER, MADAME GÉRARD.

MADAME GÉRARD, *de la coulisse.*

Vieux chéri!

GIBOYER.

Autre vocable, maintenant! Incorrigible! incorrigible! (*Appelant.*) Madame Gérard!

MADAME GÉRARD.

Voyons, qu'est-ce que tu veux?

GIBOYER.

Je n'oublie pas, madame Gérard, que vous êtes la grand'-mère de Maximilien.

MADAME GÉRARD.

Pourquoi ne pas lui dire, enfin, que tu es son père, à ce garçon? Voyons, quand le lui diras-tu?

GIBOYER.

Incorrigible! incorrigible! Madame Gérard, je n'oublie pas que vous êtes la mère de feu Adèle.

MADAME GÉRARD.

Pauvre enfant! une taille de guêtre!

GIBOYER.

Je ne l'ai pas oubliée, madame Gérard, et vous remarquerez qu'en prononçant ces mots, je ne vous tutoie pas.

MADAME GÉRARD.

Ne te fâche pas, ma petite canaille, tu sais bien que je t'aime.

GIBOYER.

Madame Gérard, d'un moment à l'autre, M. le marquis d'Auberive peut venir. S'il vous entendait, que penserait-il de ces familiarités, de ces privautés?

MADAME GÉRARD.

Tu me parles toujours de ducs, de marquis, de comtes, prêts à venir chez nous. Je n'en ai pas encore vu un seul montrer ici le bout de son nez.

GIBOYER.

Je sors, madame Gérard.

MADAME GÉRARD.

Tu te fatigues, vieux chéri, à culotter cette pipe; donne-la-moi; je t'aiderai.

GIBOYER.

Ne m'interrompez pas, madame Gérard. Un monsieur va venir, vous lui direz : Est-ce à M. le comte d'Outreville que je dois avoir l'honneur de remettre ce brûle-gueule? Il vous donnera deux francs. (*Il lui remet la pipe.*)

MADAME GÉRARD.

C'est plus fort que moi, vieux chéri, quand je pense qu'on a osé te dire, sous mes yeux, que tu étais un homme sans convictions! Oh!

GIBOYER.

Vous lui remettrez, en même temps, les billets de spectacle qui sont à la place ordinaire, sur la cheminée de l'autre chambre. Deux francs pour la pipe, trente francs pour les billets.

MADAME GÉRARD.

Total, trente-cinq.

GIBOYER.

La pipe est parfaitement culottée, c'est ma conviction. S'il entre avec ces billets, certes on pourra dire que ce sont là des billets de faveur. C'est encore là ma conviction. Tout pour mon fils, tout pour mon père, tout pour... Je n'ai ni tabatière ni foulard. (*Il se fouille.*) La Providence y pourvoira en chemin. Je n'ai jamais été embarrassé pour gagner mon tabac.

MADAME GÉRARD.

Ne quitte pas des yeux les pavés, les dessous des portes, les coins des bornes; tâche de trouver quelque chose. On dirait que ces riches s'entendent pour ne plus rien perdre.

GIBOYER.

J'ai toujours les yeux braqués sur le pavé ou le long des murs, mais je ne peux, madame Gérard, vous tout rapporter.

SCÈNE V.

MADAME GÉRARD.

Est-ce que ce n'est pas vrai qu'il y a des gens qui en ont de trop, tandis que d'autres n'en ont pas assez? Pauvre vieux, que de fatigues, que de peines! et dire qu'on donne le prix Montyon à des propres à rien! Un homme comme lui, qui sait tout, qui fait tout, qui invente de tout, qui connaît toutes sortes d'affaires et de personnes, et qui rend tant de services au pauvre monde, qui fournit des maris, tout ce qu'il y a de plus distingué, aux figurantes des Folies-Dramatiques, touche les rentes des gens riches, prépare la jeunesse au baccalauréat, met le vin en bouteilles, culotte les pipes et trouve encore le temps de tondre les chiens!

SCÈNE VI.

MADAME GÉRARD, GIBOYER.

MADAME GÉRARD.

Tu as oublié quelque chose ?

GIBOYER, *au public.*

Si je n'ai pas fait mon chemin, c'est que je suis trop vertueux. On m'a proposé d'être ministre, mais j'ai refusé.

MADAME GÉRARD.

Il ne fallait pas refuser.

GIBOYER.

(*A madame Gérard.*) J'ai refusé, parce que je suis trop vertueux. (*Au public.*) Et si cela vous fait rire, c'est que vous n'êtes tous que de la canaille.

SCÈNE VII.

MADAME GÉRARD.

Enfin ce qui me console, c'est que mon gentil Maximilien ne manque de rien. Cher petit Maximil, tout ce qui me reste de ma pauvre Adèle! C'en était là encore une enfant vertueuse, et précoce, et rangée! C'est sa vertu qui l'a fait descendre au tombeau! Elle n'avait que dix-sept ans! Un beau matin, vlan! j'apprends que je suis grand'mère. Dame! puisque c'est dans la nature! Que peut-on répondre à cela? Vive l'histoire naturelle et vive la France!

SCÈNE VIII.

MADAME GÉRARD, MAXIMILIEN.

MAXIMILIEN, *ouvrant la porte avec fracas.*

Docteur ès lettres! je viens d'être reçu, j'accours de la Sorbonne. Il n'est pas là, papa Giboyer?

MADAME GÉRARD.

Il est sorti. Entre donc.

MAXIMILIEN.

Je n'ai pas le temps.

MADAME GÉRARD.

Mais entre donc, tu vas attraper des engelures.

MAXIMILIEN.

J'arrive au galop, je retourne au galop. A une heure, mon doctorat ès sciences. De là, place du Panthéon, à trois heures, pour mon doctorat en droit. Ce soir, à cinq heures, je reviendrai au galop pour épouser Fernande. (*Il se sauve.*)

SCÈNE IX.

MADAME GÉRARD.

En voilà un qui ne perd pas de temps! Pauvre enfant! quel mal il se donne! Faut-il que le gouvernement soit férocc aussi, avec leurs diplômes, comme ils disent! On ne pourrait pas en faire un diplomate, là, tout de suite, sans le forcer à se donner tant de mouvement; il est dans le cas de se disloquer la couronne vertébrale Ah! si j'avais seulement vingt ans de moins, je lui remplacerais sa mère, à ce pauvre petit. Je travaillerais jour et nuit, moi aussi. J'ai vu avant-hier une malheureuse omnibus, auprès de la fontaine Saint-Michel, renversée, sur le flanc, le timon fracassé, deux roues en l'air, bonne à mettre sous la remise, en attendant la démolition. Pour avoir trop roulé, elle ne roulera plus. En la regardant, cette pauvre omnibus, je me suis dit : Voilà ma photographie!

SCÈNE X.

MADAME GÉRARD, FERNANDE.

FERNANDE.

Papa Maréchal n'est pas là?

MADAME GÉRARD.

Non, Fernande, je ne l'ai pas vu.

FERNANDE.

J'aurais voulu l'embrasser. Papa Giboyer n'est pas là?

MADAME GÉRARD.

Il ne sera pas longtemps à revenir.

FERNANDE.

J'aurais voulu l'embrasser. Maximilien n'est pas là?

MADAME GÉRARD.

Il vient de me quitter à l'instant.

FERNANDE.

J'aurais voulu l'embrasser.

MADAME GÉRARD.

Il te tarde de l'épouser, hein?

FERNANDE.

Je ne veux plus rester à la maison.

MADAME GÉRARD.

Tiens, pourquoi?

FERNANDE.

Quand papa est sorti, ma belle-mère ne fait que lire du Lamartine.

MADAME GÉRARD.

Je comprends. En l'absence de son mari, elle pourrait bien mieux employer son temps.

SCÈNE XI.

MADAME GÉRARD, FERNANDE, M. BENOIT.

M. BENOIT.

Est-ce ici qu'on fait des mariages?

MADAME GÉRARD.

Oui, monsieur, pour le contentement de tout le monde; entrez donc et donnez-vous la peine de vous asseoir; à la grande satisfaction des pères de famille occupés à la Bourse et des mères qui n'ont pas le temps de couver leurs filles; au grand plaisir des jeunes gens pressés d'épouser des millions à la vapeur, et des demoiselles qui grillent d'en finir au plus vite. Nous avons supprimé une foule de formalités reconnues inutiles. Plus de parents, et même, monsieur, plus de clair de lune! Un baiser, en public, à la clarté du soleil, déposé par la chaste jeune fille sur le front de l'amant, et tout est dit. Elle peut même planter un baiser sur le front du beau-père; cela n'est pas indispensable, mais quand le père du futur est un homme honorable, cela ne gâte rien.

FERNANDE.

Quel est ce jeune homme que j'aperçois pour la première fois?

M. BENOIT, *à madame Gérard.*

Quelle est cette demoiselle qui m'est totalement inconnue?

FERNANDE, *à part.*

Oh! je ne suis pas une femme comme une autre, moi!

MADAME GÉRARD.

Ce n'est pas une demoiselle...

M. BENOIT, *l'interrompant.*

Ce n'est pas une demoiselle?

FERNANDE, *à part.*

Je suis la clairvoyance même, moi, et ce que je vois, je le vois.

M. BENOIT, *à madame Gérard.*

J'entends, elle est mariée.

FERNANDE, *à part.*

Oh! il me vient des pensées! Comme il lui parle!

MADAME GÉRARD.

Elle n'est pas mariée.

FERNANDE, *à part.*

Comme il l'écoute!

M. BENOIT.

J'entends, elle est veuve.

MADAME GÉRARD.

Vous ne me comprenez pas.

FERNANDE, *à part.*

Oh! mais je comprends, moi; comme il la regarde! Le monstre, il l'aime!

MADAME GÉRARD.

Ce n'est pas une veuve, elle n'est pas à marier.

M. BENOIT.

Ni veuve, ni demoiselle, ni mariée, qu'est-ce donc?

MADAME GÉRARD.

C'est une sauvage...

M. BENOIT.

Une sauvage! (*Il se lève.*)

MADAME GÉRARD.

Par l'honneur viril du sexe de son esprit.

FERNANDE.

Ah! je ne peux plus rester dans cette maison. (*Fausse sortie.*)

M. BENOIT, *à Fernande.*

Mademoiselle, pourquoi vous en allez-vous ainsi sans me regarder?

FERNANDE.

Et pourquoi voulez-vous que je vous regarde?

M. BENOIT.

Quand une femme ne me regarde pas, je me trouve

atteint dans mon honneur. Nous sommes tous comme cela dans notre famille.

FERNANDE.

Melon !

M. BENOIT.

Pimbêche ! (*A madame Gérard.*) En voilà une pimbêche !

MADAME GÉRARD.

Est-ce que vous êtes amoureux d'elle ?

M. BENOIT.

Fi donc !

MADAME GÉRARD.

Est-ce que vous êtes amoureux de moi ?

M. BENOIT.

Fi donc !

MADAME GÉRARD.

Si vous n'êtes ni amoureux d'elle, ni amoureux de moi, d'où vient que vous prenez les gants de traiter de pimbêche les gens qui sont chez moi, et de me le dire au nez ? Choisissez la porte ou la fenêtre pour détaler, si vous ne tenez pas à recevoir une tripotée. (*M. Benoît se sauve.*) Maintenant, il faut pourtant que je me procure du persil pour mettre autour du bœuf du repas de noces. (*Elle rentre dans la chambre à gauche.*)

SCÈNE XII.

FERNANDE, *seule.*

Je l'avais calomniée dans mon cœur ! Oh ! il est de ces offenses qui exigent une réparation aussi entière d'une femme que d'un homme. Oh ! je devrais l'embrasser ; mais ce n'est pas un jeune homme !

SCÈNE XIII.

FERNANDE, MAXIMILIEN.

MAXIMILIEN, *ouvrant la porte avec fracas.*

Docteur ès sciences! et de deux ; j'accours au galop.

FERNANDE.

Maximilien ! veux-tu du thé ?

MAXIMILIEN.

Fernande !

FERNANDE.

Maximilien, j'ai une idée.

MAXIMILIEN.

Une idée à toi? est-elle heureuse?

FERNANDE.

(*A part.*) Je veux l'éprouver. (*Haut.*) Écoute, Maximilien, puisque j'aime papa, puisque ma belle-mère peut jouer de vilains tours à papa, puisque j'ai de la vertu, je dois rester à côté de papa pour le protéger.

MAXIMILIEN.

Sans nous marier ?

FERNANDE.

Ai-je de la vertu, oui ou non?

MAXIMILIEN.

Je ne sais pas. « C'est une grande duperie qu'une vertu, » lorsque l'on n'a pas trop de toutes ses forces pour se pous- » ser dans la société. » Ta mère, la première madame Maréchal, l'a bien compris. Comme cela se trouve bien !

FERNANDE.

Que veux-tu dire ?

MAXIMILIEN.

Fernande !

FERNANDE.

Maximilien !

MAXIMILIEN.

L'aimes-tu bien, papa Maréchal ; mais, là, de tout ton cœur ?

FERNANDE.

Oh ! cette question ! oui, j'aime papa.

MAXIMILIEN, *à part.*

Comment lui insinuer une révélation qui... (*Haut.*) Fernande !

FERNANDE.

Maximilien, tu as quelque chose à me dire.

MAXIMILIEN.

Le marquis d'Auberive ! Voilà ton père.

FERNANDE.

D'où le sais-tu ?

MAXIMILIEN.

J'ai ma police.

FERNANDE, *gaiement.*

Comme cela se trouve bien !

MAXIMILIEN.

Comment !

FERNANDE.

Sans doute, puisque j'ai de l'honneur...

MAXIMILIEN.

Oui, tu en as.

FERNANDE.

Puisque j'ai de la vertu...

MAXIMILIEN.

Oui, plein la bouche, tout un magasin de vertu.

FERNANDE.

Je ne pouvais pas, par vertu, quitter papa Maréchal ; mais maintenant, il ne m'est plus rien. Comme cela se trouve bien !

MAXIMILIEN.

Tu l'aimais tant, et voilà que, tout de suite...

FERNANDE.

Tu ne pouvais pas me souffrir, et voilà que, subito...

MAXIMILIEN.

O Fernande !

FERNANDE.

O Maximilien !

MAXIMILIEN.

Nous étions faits l'un pour l'autre.

FERNANDE.

Comme les deux branches d'une pincette.

MAXIMILIEN.

A peine au feu, elles s'échauffent et rougissent également toutes les deux.

FERNANDE.

Par vertu.

MAXIMILIEN.

La première madame Maréchal, avec le marquis d'Auberive, en voilà une histoire vertueuse !

FERNANDE,

Feu Adèle Gérard, ta mère, et M. Trois-Étoiles, ton père, en voilà une histoire édifiante !

MAXIMILIEN.

D'où le sais-tu ?

FERNANDE.

J'ai ma police.

MAXIMILIEN.

Comme cela se trouve bien que nos deux petites mères ne se soient pas empêtrées dans des devoirs trop lourds à porter!

FERNANDE.

Oui, ce n'est pas leur vertu qui les a gênées.

MAXIMILIEN, *récitant.*

« Il faut, dit papa Giboyer, plus d'une génération à une famille de portiers pour faire brèche dans la société. »

FERNANDE, *récitant.*

« Tous les assauts se ressemblent; les premiers assaillants font fascine de leurs corps à ceux qui les suivent. »

MAXIMILIEN.

Nos deux mères se sont sacrifiées pour nous.

FERNANDE, *soupirant.*

Elles ont fait la culbute dans le fossé.

MAXIMILIEN, *sentimentalement.*

Nous raconterons ces histoires à nos enfants; nous les prendrons sur nos genoux; en passant les mains dans leurs blonds cheveux, je leur dirai...

FERNANDE.

Non, ce sera moi qui leur raconterai.

MAXIMILIEN.

Ce ne sera pas toi, mais moi...

FERNANDE.

Je te dis que ce ne sera pas toi.

MAXIMILIEN.

Je te dis que ce sera moi.

FERNANDE.

Non.

MAXIMILIEN.

Si.

FERNANDE.

Non.

MAXIMILIEN.

Nous les leur raconterons ensemble. Quel plaisir de les entretenir du rabais fabuleux de l'ancien lustre, de l'incroyable bon marché du vernis moderne! quel plaisir de leur apprendre nous-mêmes à tripoter de leurs petites mains dans les cinquante industries vaseuses!

FERNANDE, *baissant les yeux.*

Maximilien, c'est ce soir que nous nous marions.

MAXIMILIEN.

Et moi qui oubliais mon troisième doctorat! Vite, un temps de galop jusqu'au Panthéon, troisième doctorat, troisième bonnet!

FERNANDE.

Maximilien, à quand le quatrième!

MAXIMILIEN.

O vertu! Je me sauve.

FERNANDE.

Sans m'embrasser?

MAXIMILIEN.

Je suis pressé. (*Il se sauve à toutes jambes.*)

SCÈNE XIV.

FERNANDE.

(*Criant.*) Maximilien! — Comme il court! Oh! mais je le rattraperai, moi. Je suis un homme, moi, par l'honneur. C'est par là que je vaux, si je vaux quelque chose. Je l'embrasserai dans la rue. (*Elle se sauve en courant.*)

SCÈNE XV.

MADAME GÉRARD.

Papa Giboyer ne rentre pas. On l'aura peut-être retenu plus longtemps que d'habitude à la correctionnelle, pour les conserves de carottes expédiées à la Vera-Cruz. Oh! mais je ne suis pas en peine de lui; il sait toujours s'en tirer. Le voici.

SCÈNE XVI.

GIBOYER, MADAME GÉRARD.

GIBOYER.

Le ministère public ne voulait pas en démordre. Il réclamait à cor et à cri le maximum de la peine; il voulait à toute force deux ans d'emprisonnement.

MADAME GÉRARD.

Pour lui?

GIBOYER.

Non, pour moi. Je me suis alors écrié : Ce que j'ai fait, Messieurs, c'est pour ne pas être forcé d'envoyer mon vieux père à l'hôpital; c'est pour ne pas interrompre l'éducation d'un enfant abandonné. Tout pour mon père, tout pour mon enfant! Les juges se sont mis à pleurer avec les gendarmes. Le président m'a serré la main en me disant : Homme divinement bon! J'ai vu le moment qu'il allait me donner sa croix d'honneur. J'aurais refusé. Il va s'employer pour me faire emporter le prix Montyon. C'est un habitué du Théâtre-Français.

MADAME GÉRARD.

Vieux chéri!

GIBOYER.

Madame Gérard, vous me sciez avec vos familiarités, je vous l'ai déjà dit. Pas plus tard qu'hier, j'ai parlé à un ministre d'avant 48.

MADAME GÉRARD.

Toi ! tu as parlé à un ministre? Eh bien ! qu'est-ce qu'il t'a répondu ?

GIBOYER.

Il m'a tourné le dos sans me répondre. Canaille, va! mais je lui ai parlé. J'ai des lettres d'Holy-Rood, de Prague, de Gœritz, madame Gérard. « Monsieur Giboyer, vous seul pouvez rendre à la France son roi légitime. » J'en ai de Claremont, de Venise : « Monsieur Giboyer, il n'y a qu'un homme en France, et c'est vous, capable d'opérer la fusion. » J'en ai de Londres : « Citoyen Giboyer, tu es le seul espoir de la démocratie. » J'en ai des Tuileries, madame Gérard, et je ne vous dis que ça : « Monsieur Giboyer, je compte sur vous. »

MADAME GÉRARD.

Tu ne me les a jamais montrées toutes ces lettres.

GIBOYER.

Il ne tenait qu'à moi d'épouser une archiduchesse d'Autriche. A mon dernier voyage à Vienne, je vais voir l'empereur. Je frappe : Entrez ! tiens, c'est ce brave monsieur Giboyer ; l'impératrice sera charmée de vous voir. Elle est en train de mettre ses bas. L'impératrice arrive. Ces gens-là sont très-bien élevés.—Bonjour, monsieur Giboyer, vous allez dîner avec nous; c'est comme un fait exprès aujourd'hui, nous n'avons que la soupe et le bœuf; mais, ma foi, sans cérémonie, à la fortune du pot ! — Madame, j'accepterais avec plaisir, mais je ne puis m'arrêter, je suis pressé, on m'attend à Paris. (*On frappe.*)

MADAME GÉRARD.

On frappe.

GIBOYER, *la retenant.*

Attention, madame Gérard, attention ! (*On frappe de nouveau.*)

MADAME GÉRARD.

On y va !

GIBOYER, *la contrefaisant et la retenant.*

On y va ! ah ! vraie boutiquière, vous ne comprendrez jamais l'importance du grand art d'ouvrir une porte. (*On frappe.*)

MADAME GÉRARD.

C'est peut-être une bonne pratique qui va s'en aller si on n'ouvre pas.

GIBOYER.

Madame Gérard, apprenez que le goujon destiné à la poêle n'échappe jamais au sort qui l'attend. Je devine, à la manière de frapper, un client qui a besoin de moi, une bourse ronde peut-être, tandis que la mienne, hélas! ne l'est pas, assurément. (*On frappe.*)

MADAME GÉRARD.

Il va s'ennuyer de frapper.

GIBOYER.

Mais non, vous voyez bien qu'il y tient ! Je le sens, et ce que je devine aussi, madame Gérard, c'est que vous allez me faire encore ici un tas de pataqu'est-ce, que je traduis, comprenez-moi donc une bonne fois, par une perte de cent pour cent. Madame Gérard, si je veux...

MADAME GÉRARD.

Plumer le goujon.

GIBOYER.

Eh bien! oui, ce style hardi rend ma pensée. Pour qui est-ce? pour notre gentil petit Maximil, votre cher petit Max. Au nom de feu Adèle, madame Gérard, mon épouse presque légitime...

MADAME GÉRARD.

Ah! tu peux bien dire légitime, il y a manqué si peu de chose, si peu...

GIBOYER.

Je vous en prie, je vous en conjure, de vous à moi, devant le public, pas de familiarité.

MADAME GÉRARD.

Tu cries, vieux chéri! je ne suis pas tant sourde.

GIBOYER.

Incorrigible! incorrigible! O Providence, je n'ai de recours qu'en vous. Père éternel, je vous en prie, c'est pour mon vieux père; cela doit vous flatter; c'est pour mon fils: *rorate cœli desuper;* faites pleuvoir sur madame Gérard des manières distinguées.

MADAME GÉRARD.

Puisque je te dis que la distinction c'est mon faible.

GIBOYER.

J'entre dans votre laboratoire, madame Gérard; ouvrez, donnez une grande idée du train de notre maison; introduisez le visiteur, et venez ensuite me prévenir. (*Il sort. Madame Gérard va ouvrir.*)

SCÈNE XVII.

MADAME GÉRARD, ATHANASE PIQUET, GIBOYER.

ATHANASE.

Est-ce ici pour le baccalauréat, s'il vous plaît?

MADAME GÉRARD, *criant.*

Vieux chéri, une jeunesse pour le baccalauréat, et qui a l'air cossu, c'est du chenu!

GIBOYER, *des papiers à la main.*

La lettre autographe du roi de Portugal, qu'en avez-vous fait, madame Gérard? (*A part, regardant Athanase.*) Heureusement qu'il a l'air d'une huître. (*Haut.*) Je vous avais défendu de fureter dans mes papiers. Je retrouve la lettre du prince de Linange, c'est heureux, mais l'autographe de Sa Majesté?

ATHANASE.

Je me serai trompé d'étage. (*Il va pour sortir.*)

GIBOYER.

Que voulez-vous, jeune homme? je suis un peu pressé, mais asseyez-vous. (*Athanase s'assied. A madame Gérard.*) Eh bien! voyons, cette lettre autographe où est-elle?

MADAME GÉRARD.

Quelle automate?

ATHANASE.

Je me serai trompé d'étage. (*Il se lève.*)

GIBOYER, *à madame Gérard.*

Vous savez bien qu'il me faut transmettre aujourd'hui même les renseignements que Sa Majesté me demande. (*A voix basse.*) Hors d'ici, ou je te casse la tête. (*A Athanase.*) Pardon, jeune homme, je suis à vous, dans un moment, asseyez-vous. (*A madame Gérard.*) Allez me chercher cette lettre et retrouvez-la. (*A voix basse.*) Si tu reparais ici, sous quelque prétexte que ce soit, je t'assomme. (*Madame Gérard disparaît. Athanase, qui venait de s'asseoir, se relève.*) Si je puis vous rendre quelque service, jeune homme...

ATHANASE.

Je me serai trompé d'étage.

GIBOYER.

Vous venez de voir une pauvre femme dont la tête déménage; je l'ai recueillie ici incognito. C'est une princesse portugaise qui a eu des malheurs. Asseyez-vous donc.

ATHANASE.

C'est votre portière, madame la concierge, qui m'a dit... Ce n'est pas ici pour le baccalauréat, monsieur?

GIBOYER, *se frottant le menton.*

Ah! le baccalauréat! mon jeune temps! De quel baccalauréat vous occupez-vous? ès lettres ou ès sciences?

ATHANASE.

Pour la logique, monsieur.

GIBOYER.

Il ne faut pas vous demander si vous tiendriez à être bachelier?

ATHANASE.

Oui, monsieur, c'est papa qui le veut.

GIBOYER.

Quel âge avez-vous?

ATHANASE.

Et maman aussi.

GIBOYER.

Vos parents demeurent à Paris?

ATHANASE.

Oui, monsieur. Papa reste dans la Normandie, où il fait bâtir; maman habite Bordeaux.

GIBOYER.

Elle se porte bien, madame votre mère?

ATHANASE.

Oui, monsieur, vous êtes bien bon, et maman aussi. Je viens d'avoir encore un petit frère. Ce n'est pas ici pour le baccalauréat, monsieur?

GIBOYER.

Je vous ai demandé votre âge.

ATHANASE.

Ah! pardon, monsieur; dix-huit ans, cinq mois et demi et quinze jours.

GIBOYER.

Et vos parents vous envoient, cela va sans dire, de quoi subvenir à tous vos besoins, dans ce Paris où la vie est si chère, où il y a tant de filous. La Providence, Dieu seul connaît quel trésor de privations, d'abnégation, de sacrifices il y a dans le cœur d'un père, d'une mère. Ménagez le fruit des sueurs de vos bons parents, jeune homme, défiez-vous des filous.

ATHANASE.

Oui, monsieur, vous êtes bien bon.

GIBOYER.

Ne laissez pas traîner votre argent.

ATHANASE.

J'ai toujours tout mon argent sur moi.

GIBOYER.

C'est prudent; vous avez bien raison.

ATHANASE.

Par exemple, hier j'ai reçu de l'argent pour payer tout ce que je dois, et aussi de l'argent d'avance; je porte tout sur moi.

GIBOYER.

Mais, plus je vous regarde, plus il me semble que vos traits ne me sont pas inconnus; vous vous appelez?. .

ATHANASE.

Athanase, monsieur.

GIBOYER.

Athanase, c'est cela, un nom grec; Athanase?...

ATHANASE.

Athanase Piquet.

GIBOYER.

Athanase Piquet, c'est cela même, je ne connais que vous. Quel levier pour soulever le monde que la logique de Kant! Vous l'avez assez étudiée!

ATHANASE.

Oui, monsieur, à Saint-Jean-Pied-de-Port.

GIBOYER.

Je le sais bien; vous avez toujours été très-fort.

ATHANASE.

En thème grec, oui, monsieur, toujours dans les quatre premiers.

GIBOYER.

Je le sais bien. Athanase Piquet de Saint-Jean-Pied-de-Port. Comme tous les nouveaux venus des étudiants de Paris, vous avez voulu respirer la Sorbonne et le Collége de France?

ATHANASE.

Oui, monsieur. Comment, monsieur, vous me connaissiez?

GIBOYER.

La première fois que j'ai demandé, dans la cour de la Sorbonne, en vous montrant : Quel est donc ce jeune homme d'une figure si spirituelle? Tout le monde m'a répondu : Athanase Piquet, de Saint-Jean-Pied-de-Port. On parlait, l'autre soir, de vous au ministère.

ATHANASE.

Le ministre a lu mes thèmes grecs!

GIBOYER.

Je ne devrais pas vous le dire, c'est une indiscrétion que je ommets là, mais voilà comme je suis; au risque de me ompromettre, toujours trop expansif avec les jeunes gens!

Il fut un temps où je les préparais au baccalauréat, surtout pour le plaisir de suivre, après, leur vol dans les hautes positions que je pouvais leur ménager.

ATHANASE.

Le ministre vous a parlé de moi, monsieur ?

GIBOYER.

J'y ai presque renoncé. Je ne dis pas que je ne m'y laisserai pas encore reprendre. On ne peut pas se refaire.

ATHANASE.

Monsieur, s'il vous plaît...

GIBOYER.

Quand je préparais au baccalauréat, dans le temps, je ne faisais pas comme les répétiteurs ordinaires. On est reçu, on n'est pas reçu ; il faut toujours leur payer leurs honoraires. Je procédais autrement. Moyennant une somme payée d'avance, une fois pour toutes, une fois seulement, il n'y avait plus de chance à courir, je supprimais tout ce qui s'appelle chance ; on était sûr de son affaire.

ATHANASE.

C'est que papa veut que je prenne, trois fois par semaine, des leçons de logique seulement, et que je paie à la fin de chaque mois. Mais dites-moi, monsieur, s'il vous plaît : le ministre...

GIBOYER.

Eh ! mon cher Athanase, je vous vois intrigué, sollicité, tourmenté pour la chose du monde la plus simple. Le ministre a l'œil sur vous. De quoi voulez-vous qu'il s'occupe, sinon de reconnaître d'avance les jeunes gens, comme vous par exemple, capables bientôt de rendre des services réels à l'équilibre européen ?

ATHANASE.

C'est pourtant vrai cela, monsieur.

GIBOYER.

A propos, j'y songe, le ministre m'a demandé un renseignement, et puisque je vous ai là sous la main...

ATHANASE.

Qu'est-ce que c'est, monsieur, s'il vous plaît?

GIBOYER.

Il s'agirait d'une position exceptionnelle; mais vous ne voudriez pas vous expatrier?

ATHANASE.

Hors de France, monsieur?

GIBOYER.

Comme vous dites.

ATHANASE.

C'est que je ne sais pas si elle voudrait.

GIBOYER.

Qui, elle?

ATHANASE.

Une demoiselle que j'ai vue rue des Poules, et que j'aime énormément, pour l'épouser.

GIBOYER.

Vous savez que le trône hellénique est vacant?

ATHANASE.

On ne m'en avait pas informé, monsieur.

GIBOYER.

Oh! ce n'est pas le Pérou.

ATHANASE.

Mais attendez donc, monsieur : le trône hellénique, c'est le roi des Grecs?

GIBOYER.

Précisément. Vous me permettrez de vous faire observer, jeune homme, que, quelle que soit la position que vous deviez occuper en France, vous l'enlèverez à un Français, à un compatriote moins heureux que vous.

ATHANASE.

C'est pourtant vrai cela, monsieur; ce n'est pas bien.

GIBOYER.

Au contraire, celui qui accepterait le trône hellénique, ne ferait de tort à personne, personne n'en veut.

ATHANASE.

Comment, monsieur, est-ce possible? Comment! voilà un roi vacant, et personne pour s'asseoir dessus!

GIBOYER.

Vous avez voulu dire un trône?

ATHANASE.

C'est vrai, monsieur, je vous demande pardon.

GIBOYER.

Le prince Alfred a refusé; d'ailleurs, l'intérêt de la France, c'est que la Grèce ne reçoive pas un roi des mains de l'Angleterre.

ATHANASE.

C'est vrai, monsieur, l'intérêt de la France...

GIBOYER.

Le prince de Linange ne pouvait être agréé. Le roi Ferdinand de Portugal m'avait prévenu confidentiellement qu'il refuserait, et la preuve, c'est qu'il a refusé.

ATHANASE.

Eh bien! alors?

GIBOYER.

Reste le prince Ernest de Saxe-Cobourg-Gotha.

ATHANASE.

Reste le prince... s'il vous plaît, monsieur?

GIBOYER.

Ce duc est impossible.

ATHANASE.

Ah! ce duc est impuissant; eh bien! alors?

GIBOYER.

Voyons, jeune homme, est-ce que vous auriez une répugnance invincible pour le trône des Grecs?

ATHANASE.

Dame! pourtant, monsieur, pour ne pas laisser le peuple grec dans l'embarras.

GIBOYER.

A la bonne heure!

ATHANASE.

Et vous croyez que la chose pourrait se faire?

GIBOYER.

Je ne voudrais pas m'engager étourdiment, jeune homme, et aller me compromettre dans une affaire où je n'ai personnellement aucun intérêt. Mais voyons, là, faites votre examen de conscience et parlez-moi franchement. Êtes-vous bien sûr de n'avoir jamais rien dit ou fait qui soit de nature à exciter les justes susceptibilités de l'Angleterre et de la Russie?

ATHANASE.

Quand j'étais à Saint-Jean-Pied-de-Port?

GIBOYER.

Soit à Saint-Jean-Pied-de-Port, soit rue des Poules.

ATHANASE.

Je ne me rappelle pas, monsieur.

GIBOYER.

Vous ne vous souvenez de rien?

ATHANASE.

Non, monsieur, ma parole d'honneur. Et vous croyez que cela pourra se faire?

GIBOYER.

Nous aurons contre nous un personnage très-habile, très-influent; mais avec un présent, on peut le gagner.

ATHANASE.

Vous croyez, monsieur!

GIBOYER.

J'en suis sûr. Un billet de cinq cents francs, et il est à nous.

ATHANASE.

Si vous alliez le trouver, monsieur?

GIBOYER.

Je ne demande pas mieux, mais...

ATHANASE.

Voici les cinq cents francs. C'est mon père qui va être surpris et content, et maman aussi!

GIBOYER, *négligemment.*

Il faudra changer de religion, si vous êtes catholique.

ATHANASE.

Ah! monsieur, pour faire le bonheur des Grecs, le bonheur de papa et de maman.

GIBOYER, *à part.*

Canaille, va! Et c'est qu'il n'est pas le seul de son espèce. (*A Athanase.*) Bon jeune homme! Je suis vieux, vous êtes jeune, nous sommes faits pour nous entendre. Nous représentons à nous deux les deux pôles de la France. Silence et discrétion, jeune homme! En ces affaires, la moindre parole dite avant le temps et tout est perdu. Je vais à l'ambassade; je n'attends, pour y voler, que le temps qu'il vous faut pour que vous puissiez vous éloigner sans qu'on me voie sortir après vous. Votre adresse? Des gens à moi iront chez vous pour vous tenir au courant.

ATHANASE.

Je me sauve. Voici mon adresse. Nous sommes plusieurs Piquet à Paris; moi, je suis le Piquet de la rue des Poules. Sans adieu, monsieur. Voici ma carte.

SCÈNE XVIII.

GIBOYER.

Puisqu'il devait être plumé, que ce soit par un autre ou par moi, qu'importe? Ma conscience n'a pas le droit de faire la prude. (*Madame Gérard paraît, écoute Giboyer et hausse les épaules.*) C'est égal, je plonge, je plonge!

SCÈNE XIX.

MADAME GÉRARD, GIBOYER.

MADAME GÉRARD.

Tu plonges, tu plonges! Voyons, ma petite canaille, conviens-en, là, sois franc, après tout, tu ne plonges pas de bien haut.

GIBOYER.

Madame Gérard!... Elle a raison!

MADAME GÉRARD.

Dis donc, vieux, puisque Maximilien va se marier ce soir, est-ce que tu ne vas pas enfin lui dire que tu es son père?

GIBOYER, *amèrement.*

Il ne faut pas le priver, ce garçon, de son cadeau de noces. Il y a trente-six bêtes malpropres, en moi, madame Gérard, mais pour le moment, ne parlons que de deux. Il y a le chien qui lèche, qui fait de la natation dans le macadam.

MADAME GÉRARD

Mais, puisque c'est pour le bon motif, pour faire de Maximilien un jeune homme estimé, honoré sous tous les rapports.

GIBOYER.

Il y a aussi, madame Gérard, il y a...

MADAME GÉRARD.

Mais, puisqu'on le sait, il y a aussi le chien crotté, qui se redresse sur ses pattes, sous la porte Saint-Denis, et qui ne la croit pas assez haute, quand il se met à faire le beau. Mais, puisqu'on le sait!

GIBOYER.

Madame Gérard! — Elle a raison! Madame Gérard, il faut en finir. J'y suis décidé. Maximilien va savoir, aujourd'hui même, à l'instant, par moi, que je suis son père. Je suis un fumier qui produit un lis. Le lis va venir. J'aurai tant de plaisir à le lui dire, moi-même, que je me sauve, et que je vous charge, en mon absence, de lui signifier que je suis son père. Hélas! c'est l'expression propre, rigoureusement précise, de le lui signifier! Vous me tirerez par là une fière épine de la bouche, madame Gérard.

MADAME GÉRARD.

Je sens mon roux qui brûle! (*Elle rentre dans sa cuisine.*)

SCÈNE XX.

GIBOYER, FRANÇOIS

FRANÇOIS, *abattu, se laissant tomber sur une chaise.*

Enfoncé! l'atelier fermé indéfiniment, l'ouvrage interrompu; ne faites pas attention; je suis venu je ne sais pas pourquoi, je m'en vas, bonjour.

GIBOYER.

Pauvre François! Il m'intéresse : ah çà! mais je suis bon au fond.

FRANÇOIS.

Je suis venu, parce que vous êtes mon voisin, parce que quand on reçoit une cheminée sur la tête on ne sait plus où l'on en est, ni ce qu'on fait ; je vais chercher de l'ouvrage, mais j'ai besoin de me remettre.

GIBOYER.

Il m'apitoie ! et moi qui croyais que j'étais une canaille ! Ma parole d'honneur, je l'ai cru.

FRANÇOIS.

Ah bah ! on est homme ou on ne l'est pas, et il y en a encore de plus malheureux que moi. C'est égal, si je n'avais pas tant de fils à la patte, je prendrais un fusil et je partirais pour la Pologne.

GIBOYER.

Tu partirais pour la Pologne ?

FRANÇOIS.

Pardon, excuse, ne faites pas trop attention à ce que je dis. C'est vrai pourtant que, quand on souffre, on pense naturellement à tous les malheureux. Il n'y a que deux espèces de gens en ce monde, ceux qui souffrent et ceux qui ne souffrent pas.

GIBOYER.

Et les canailles, qu'en fais-tu ?

FRANÇOIS.

Qu'est-ce que vous voulez que j'en fasse ? je les laisse entre les mains des gendarmes ; je ne m'occupe que des honnêtes gens. Ça fait toujours du bien de voir un honnête homme qui a du courage, qui espère quand il est malheureux, qui se fie en la Providence, comme vous, par exemple. Voilà pourquoi je suis venu vous trouver.

GIBOYER.

Ah çà ! qu'est-ce que tu me parlais tout-à-l'heure de la Pologne !

FRANÇOIS.

Je n'ai pas le temps de faire de la politique, mais je dis, vous, la Pologne, moi, c'est absolument la même chose.

GIBOYER.

Tu as trouvé cela, François?

FRANÇOIS.

Un de nos théâtres de Paris viendrait à représenter une pièce sur la Pologne, est-ce que vous croyez qu'on n'y verrait pas courir en foule tout ce qu'il y a d'enfants de Paris? Est-ce que vous croyez que tout ce qu'il y a de Parisiens aurait assez de ses deux mains pour applaudir à ces malheurs si héroïquement supportés, à tant de courage, de noble fierté, à cette indomptable, vivace, indestructible, impérissable espérance?

GIBOYER

Où veux-tu en venir?

FRANÇOIS.

Les Parisiens ont du cœur.

GIBOYER.

Certes.

FRANÇOIS.

Le peuple de Paris, voyez vous, on dira tout ce qu'on voudra, c'est le peuple de la terre qui a le plus d'esprit.

GIBOYER.

Jugez des autres.

FRANÇOIS.

Et moi aussi, j'ai foi en la Providence, c'est ce qui me soutient, c'est ma seule force en ce moment.

GIBOYER.

Pauvre François!

FRANÇOIS.

Et vous aussi, vous avez du courage, une noble fierté.

GIBOYER.

Certes.

FRANÇOIS.

Et de l'honneur, et de la vertu.

GIBOYER.

J'en déborde.

FRANÇOIS.

On vous représenterait à Paris, sur un théâtre, on vous montrerait tel que vous êtes, ce que vous faites pour votre vieux père, pour cet enfant abandonné que vous avez recueilli, est-ce que vous croyez que les Parisiens n'applaudiraient pas aussi avec transport, papa Giboyer? La pièce qu'on ferait sur vous irait, comme la *Dame Blanche*, jusques et par de là la millième représentation. Vous voyez bien que la Pologne et vous, c'est tout comme.

GIBOYER.

Tu as raison, il n'y pas de différence.

FRANÇOIS.

Avec tout ça, il faut que j'aille chercher de l'ouvrage. Voyons, orientons-nous : d'ici à Belleville, La Villette, Montmartre...

GIBOYER, *à part.*

Il me semble que je vas faire une bonne action : j'en suis déjà fier.

FRANÇOIS.

C'est cela, je reviendrai par Passy.

GIBOYER.

Je vas lui donner de quoi payer son omnibus.

FRANÇOIS.

Ah! il n'y a pas de temps à perdre. Pauvre femme! pauvres enfants! Je vas chercher de l'ouvrage. Au revoir, papa Giboyer.

GIBOYER.

François, je ne suis pas riche, mais enfin, c'est de tout cœur. Veux-tu quarante sous?

FRANÇOIS.

J'accepterais, papa Giboyer, parce que vous êtes un honnête homme, si j'étais obligé d'en passer par là. Mais grâce à Dieu, j'ai encore des économies pour quelques jours. Par exemple, d'ici à trois jours, il faut que l'ouvrage vienne. Il viendra, j'ai du cœur et j'ai des jambes.

GIBOYER.

Mais si l'ouvrage ne vient pas?

FRANÇOIS.

Ah! ne dites donc pas ça, papa Giboyer : mais c'est ma femme et mes enfants sans pain, si l'ouvrage ne vient pas; c,est mon vieux père à l'hôpital, si l'ouvrage ne vient pas!

GIBOYER.

Ton père à l'hôpital!

FRANÇOIS.

Dame! papa Giboyer, que préférez-vous, à l'hôpital le père d'un honnête homme malheureux, ou bien chaudement, dans un bon lit, sous le toit de son fils, le vieux père d'un chenapan? Au revoir, papa Giboyer, je suis pressé.

SCÈNE XXI.

GIBOYER.

Je pense que je suis une canaille, et cela me fait plaisir. La dignité de l'homme, dit Pascal, consiste dans la pensée. Travaillons donc à bien penser. Il est certain que je pense bien, quand je pense que je suis une canaille. D'autres aussi sont des canailles, mais ils ne savent pas qu'ils sont des canailles; tandis que moi j'ai cet avantage, et que je suis une canaille, et que je le sais. Au fait, cela m'est bien égal. Non, cela ne m'est pas égal. Je sens dans mon cœur... Qu'est-ce que je sens? Est-ce une question politique? Est-ce une question sociale? Si tous les gens ne percent pas, c'est la faute du gouvernement. L'exception devrait être la règle. (*Madame Gérard, qui a entendu la dernière phrase, hausse les épaules*) Je vas voir sur la place, s'il n'y a pas une pipe à culotter.

SCÈNE XXII.

MADAME GÉRARD.

C'est la faute du gouvernement, si tous les gens ne percent pas! En voilà une bêtise! L'exception devrait être la règle! Une supposition : l'univers entière, toute l'univers serait la Perse: parbleu! c'est clair, il n'y aurait plus de Persans. Pour qu'il y ait des gens qui percent, il faut bien qu'il y en ait d'autres qui .. Je retourne voir à mon veau. (*Elle rentre dans sa cuisine.*)

SCÈNE XXIII.

MAXIMILIEN, *ouvrant la porte avec fracas.*

Oh! que c'est beau, Corneille! Avez-vous lu Corneille? Je viens d'être reçu docteur en droit, et de trois! Je n'y pense plus. Dans la chaleur de la soutenance, le nœud de ma cravate s'est défait. Aussitôt après la séance, je suis rentré chez moi pour refaire mon nœud, puisque je vais me marier. Oh! que c'est beau Corneille! Pour ne pas perdre le temps, en recomposant mon nœud, j'ai ouvert un Corneille que j'ai mis sur la cheminée, sous ma glace.

(Il déclame; la déclamation est naturelle et sérieuse, sans aucun mélange de grotesque.)

J'aime trop l'honneur, sire, et ne suis point de rang
A souffrir ni d'affront ni de crime en mon sang.

Oh! que c'est beau Corneille! Ça m'a tout changé, je ne suis plus du tout le même que ce matin. Voilà ma nature à moi : je mange vite, je dors vite, je réfléchis vite, je fais tout très-vite.

(Madame Gérard paraît; Maximilien s'élance sur elle, lui prend la main et l'amène vivement jusque sur la rampe, en déclamant.)

Tu peux pleurer, Valère, et même aux yeux d'Horace,
Il ne prend intérêt qu'aux crimes de sa race;
Qui n'est point de son sang ne peut faire d'affront
Aux. . . . .

Tiens! c'est vous! bonjour, comment ça va-t-il? Vous n'avez pas lu Corneille?

SCÈNE XXIV.

MADAME GÉRARD, MAXIMILIEN

MADAME GÉRARD.

Tu ne te doutes pas, mon petit Max, de ce que je vas t'apprendre. Tu ne sais pas, eh bien! ton brave père Giboyer, ton papa Giboyer, quoiqu'il n'ait jamais été marié, il l'est.

MAXIMILIEN.

Il l'est!

MADAME GÉRARD.

Il l'est.

MAXIMILIEN.

Il l'est! cette bêtise! quand on n'est pas marié, on ne peut pas l'être.

MADAME GÉRARD.

Tu ne me comprends pas, Maximilien; je te dis, vois-tu, que ce bon père Giboyer, qui s'est donné tant de mal pour ton instruction, qui a dépensé de l'argent pour toi comme un mastodonte, c'est vraiment ton père.

MAXIMILIEN.

Et quelle calotte je flanquerais à celui que je verrais le regarder de travers! Ce n'est pas que bien souvent, si je ne me retenais, je l'enverrais promener de bon cœur; mais enfin ce qui me chiffonne en lui, ce sont ses affaires et non les miennes; il n'a pas de comptes à me rendre papa Giboyer, mon vieux camarade.

MADAME GÉRARD,

Tu ne me comprends pas encore, mon petit Max. Je te dis que le papa Giboyer est vraiment ton père.

MAXIMILIEN.

Le papa mari de ma maman?

MADAME GÉRARD.

Son mari?...

MAXIMILIEN.

Parce que je suis son fils?

MADAME GÉRARD.

Juste. Comprends-tu maintenant? Tu ne pleures pas de joie et d'attendrissement?

MAXIMILIEN, *stupéfait.*

Le fait est que ce n'est pas risible.

MADAME GÉRARD.

Ce n'est pas seulement une vieille connaissance, un ami, un camarade, c'est ton père.

MAXIMILIEN.

Oui, ce n'est pas du tout la même chose.

MADAME GÉRARD.

Tu peux lui rendre l'argent qu'il a dépensé pour toi, mais je te défie bien de lui rendre sa paternité.

MAXIMILIEN.

Juste ce à quoi je pensais; il n'y a pas mèche.

MADAME GÉRARD.

Quel bon père tu as eu là ! Pour toi, pour son fils, il aurait mis une main dans la poche du pape et l'autre, en même temps, dans celle de Garibaldi.

MAXIMILIEN.

Ah!

MADAME GÉRARD.

Ce tas de papier jaune sale que tu vois là, c'est le résumé de son expérience et de toutes ses idées. Lis son âme dans ce gros cahier malpropre; c'est qu'aussi il n'y a pas de jour qu'il ne s'épanche dessus en pensant à toi.

MAXIMILIEN, *feuilletant le manuscrit.*

« Réhabilitation de Tartuffe. » — Ah ! — « La fin justifie les moyens. » — Ah ! — « Pour... contre... pour... contre.. pour... contre... » — Ah! (*Il rejette le manuscrit sur la table*)

MADAME GÉRARD.

Le voici qui revient.

MAXIMILIEN, *à part.*

Je vais voir mon père; je dois éprouver de la joie; je le dois.

MADAME GÉRARD.

Pauvre vieux chéri! regarde comme il se tient la joue ; je parie qu'il vient encore de recevoir un soufflet.

MAXIMILIEN.

Encore ! un soufflet! mon père!

MADAME GÉRARD.

Ordinairement c'est le matin et le soir.

MAXIMILIEN.

Un abonnement!

MADAME GÉRARD.

Les calottes du matin, c'est pour son père; le soir, c'est pour son fils!

MAXIMILIEN, *au public.*

Ah çà! voyons, là, franchement, c'est embêtant un père comme ça.

MADAME GÉRARD.

Le voilà qui monte l'escalier.

MAXIMILIEN.

Vous perdez la tête, je vous dis qu'il a mal aux dents.

MADAME GÉRARD.

Je te dis qu'il a reçu un soufflet; après ça, possible que je me trompe, il en a peut-être reçu deux.

SCÈNE XXV.

GIBOYER, MAXIMILIEN, MADAME GÉRARD.

MADAME GÉRARD.

Combien, vieux chéri?

GIBOYER, *se tenant la joue.*

Rien qu'un, un seulement. (*Apercevant Maximilien, il s'écrie à part.*) Maximilien!

MADAME GÉRARD.

Il sait tout, je lui ai tout narré.

(Sur un geste terrible de Giboyer, Madame Gérard entre dans sa cuisine. Giboyer reste au fond du théâtre en se tenant la joue.)

SCÈNE XXVI.

GIBOYER, MAXIMILIEN.

MAXIMILIEN, *sur le bord de la scène.*

Je ne sais plus où j'en suis. Il me semble que je vois Corneille dansant la polka. Illumine-toi, mon âme! (*Entre ses dents.*) Des lampions! des lampions! des lampions!

GIBOYER, *descendant vivement le théâtre.*

Maxime, as-tu du cœur?

MAXIMILIEN.

Pour quoi faire, papa?

GIBOYER.

Agréable prudence! digne circonspection! Je renais, je revis en toi.

MAXIMILIEN.

Cela me flatte.

GIBOYER

Tu sais que je suis ton père.

MAXIMILIEN.

Oui, papa.

GIBOYER.

N'en dis rien à personne.

MAXIMILIEN.

Je ne le dirai pas, papa.

GIBOYER.

Tu n'en diras rien! tu rougis de moi! Maximilien, tu me blesses.

MAXIMILIEN.

Je le dirai à tout le monde, papa.

GIBOYER.

Mais, malheureux enfant, si tu le dis, tu te nuis.

MAXIMILIEN.

Je ne le dirai pas, papa.

GIBOYER.

Tu n'en diras rien! Sans cœur, sans entrailles! Fils dénaturé!

MAXIMILIEN.

Je le dirai, papa.

GIBOYER.

Oui, prends une trompette, monte sur la tour Saint-Jacques, et de là fais retentir par tout Paris, hélas! ce que j'ai léché.

MAXIMILIEN.

Je ne le dirai pas, papa.

GIBOYER.

Mais ce que j'ai léché, c'est pour toi.

MAXIMILIEN.

Je le dirai, papa.

GIBOYER.

Bien! te voila comme je voulais: tu as assez tourné; passons maintenant à un autre exercice. A quoi penses-tu?

MAXIMILIEN.

Je pense que Molière est mort; c'est dommage.

GIBOYER.

Regarde-moi donc en face.

MAXIMILIEN.

Je n'ose pas, papa.

GIBOYER.

Je te dis de me regarder en face.

MAXIMILIEN, *récitant.*

« Je crois que la seule base solide, dans l'ordre politique » comme dans l'ordre moral, c'est la foi, là! »

GIBOYER.

Ce n'est pas là ce que je te demande; nous verrons cela un autre jour. Écoute, fiston, je vas faire un raisonnement. Y es-tu?

MAXIMILIEN.

Oui, papa.

GIBOYER.

J'ai mangé assez de vache enragée pour toi, soit dit sans reproche. Il est bien temps que je mange, à mon tour, des confitures, ce qui veut dire, il est bien temps que je sois heureux. Le raisonnement n'est pas encore commencé, mais ça va venir. Nous ne sommes encore qu'au point de départ. Certes, j'ai bien le droit d'être heureux, et je ne le serai qu'autant que je serai réhabilité à mes propres yeux. Attention, fiston, c'est ici que le raisonnement va commencer pour tout de bon. Es-tu prêt?

MAXIMILIEN.

Oui, papa.

GIBOYER.

Plus tu seras ce qu'on appelle un honnête homme, et plus je serai réhabilité, et par conséquent heureux; comprends-tu?

MAXIMILIEN.

Oui, papa.

GIBOYER.

Plus tu penseras que je suis un franc vaurien, un bandit, un chenapan, et plus tu seras ce qu'on appelle un honnête homme.

MAXIMILIEN.

Oui, papa.

GIBOYER.

Et plus tu me diras que je suis un gueux, un gredin, mais, là, de tout ton cœur, plus tu me prouveras que tu le penses, et par conséquent... As-tu bien compris?

MAXIMILIEN.

Oui, papa.

GIBOYER, *vivacité dramatique.*

Réhabilite-moi.

MAXIMILIEN, *douloureux embarras.*

Ce n'est pas l'envie qui me manque, mais...

GIBOYER.

Il ne s'agit pas de tortiller.

MAXIMILIEN.

Puis-je, dois-je oublier le respect, la reconnaissance?...

GIBOYER.

Il ne s'agit pas de faire la bouche en cœur.

MAXIMILIEN.

Que je sens de rudes combats!

GIBOYER.

Il ne s'agit pas du *Cid* ni de Corneille, il faut mettre habit bas.

MAXIMILIEN.

Hélas!

GIBOYER, *très-pathétique.*

Ah çà! veux-tu me réhabiliter tout de suite? Ingrat! je ne me suis pas assez imposé de privations pour toi? je n'ai pas fait assez de sacrifices? et aujourd'hui qu'est-ce que je réclame? qu'est-ce que je te demande pour être heureux? Dis-moi que je suis un escroc, un filou, un voleur, ne me fais pas languir.

MAXIMILIEN, *tendrement.*

Mon bienfaiteur!

GIBOYER, *explosion de colère.*

Réhabilite-moi sur-le-champ, ou je t'assomme. Comment, tu ne comprends pas, tu ne sens pas que je suis un infâme gredin!

MAXIMILIEN.

Mais si, je le sens, je ne le sens que trop!

GIBOYER.

Qu'attends-tu donc?

MAXIMILIEN, *cri déchirant.*

Mon père!

GIBOYER.

Plus bas, malheureux, si l'on t'entendait! Songe à tout ce

que j'ai léché! Je me suis vendu, je suis un tartuffe. Vive la Pologne! à bas la Pologne! vive la légitimité! vive la république! vive l'empire! vive les d'Orléans! à bas tout cela! Le pour, le contre, voilà ce que j'ai fait, voilà ce que je suis!

MAXIMILIEN, *sombre.*

Vous avez fait cela?

GIBOYER.

Eh bien!

MAXIMILIEN, *vivement.*

Ah! tenez, je n'hésite plus, je vous le dis, mais, là, de tout mon cœur, entendez-vous?

GIBOYER, *vivement.*

Je l'espère bien, j'y compte bien, c'est ce que je veux.

MAXIMILIEN, *criant.*

Mon père...

GIBOYER, *vivement.*

Encore une fois, plus bas!

MAXIMILIEN, *voix moyenne, animée.*

Vous êtes une franche canaille!

GIBOYER, *vivement.*

Bien! plus haut! très-bien! Enfin, voilà ma réhabilitation qui commence.

MAXIMILIEN, *vivement.*

Ah! mais je ne joue pas la comédie; c'est que je le pense, voyez-vous!

GIBOYER.

Il a l'âme noble! il me réconcilie avec moi-même.

MAXIMILIEN, *vivement.*

Imbécile! comme si l'on était le père de ses enfants parce que l'on a payé ce qu'on ne pouvait pas leur apprendre soi-même!

GIBOYER.

Bien, très-bien! continue. Voilà mon fils, voilà mon ouvrage!

MAXIMILIEN.

Et comme c'est flatteur pour moi d'avoir un père qui s'est dit : Il est si bête, qu'il ne pourra jamais faire son chemin tout seul si je ne lui jette de la boue au derrière pour le faire marcher ! Me voilà propre maintenant ! Combien me faudra-t-il passer de temps à me décrotter dans l'opinion publique? Ah ! plus j'y pense, tenez, je ne sais pas si vous êtes plus chenapan qu'imbécile, ou plus imbécile que chenapan ; je suis abasourdi, confondu, vous me faites voir trente-six chandelles, et j'ai tant de choses à la fois dans la tête, que je ne sais par où commencer.

GIBOYER.

Mais tu ne commences pourtant pas trop mal, fiston, cela promet.

SCÈNE XXVII.

FERNANDE, GIBOYER, MAXIMILIEN; *à la fin de la scène*, MADAME GÉRARD.

FERNANDE, *en toilette de mariée, portant deux gros sacs d'argent.*

Air connu.

Vive et légère,
Modeste et fière,
Je viens, j'accours sans me faire prier.
Couronne en tête,
Me voilà prête,
Ah ! quel plaisir, je vais me marier !

J'ai de l'honneur, de vertu je me pique,
J'ai saintement l'ignorance du mal,
J'épouserais, tant mon cœur est pudique
N'importe quoi, cela m'est bien égal.

Je viens me marier. Maximilien, as-tu mis un faux col?

MAXIMILIEN.

Fernande ! Ah ! j'oublie tout en la voyant Je deviens tout autre.

GIBOYER.

C'est égal, petit, il me semble que tu m'as trop réhabilité.

FERNANDE.

Ah çà! qu'est-ce que vous avez là, vous autres, que vous restez sur vos jambes sans grouiller? Quand je vous dis que je viens me marier!

MAXIMILIEN.

Fernande!

FERNANDE.

Mais débarrasse-moi donc! Tu ne vois donc pas que c'est ma dot que je tiens là? Si tu crois que ce n'est pas lourd?

GIBOYER.

Donne, Fernande, ma chère petite; de l'argent, cela me connaît.

FERNANDE.

J'en ai mal au bras; je viens comme ça de la maison; je n'ai pas seulement pu trouver un omnibus On aurait bien pu m'apporter cela ici, au moins jusqu'au bas de l'escalier. Après cela, j'étais pressée, je n'ai pas voulu attendre. Eh bien! voyons, Maximilien, es-tu prêt?

MAXIMILIEN.

O simplicité des mœurs, ô candeur, ô vertu!

MADAME GÉRARD, *paraissant.*

Dépêchez-vous d'aller à la mairie, si vous tardez trop longtemps, mon dîner sera froid.

GIBOYER.

Fernande, à partir de ce jour, vous vous appellerez Fernande Giboyer.

MADAME GÉRARD, *dans le fond du théâtre.*

Oh! un tableau à faire sortir de son tombeau défunte Adèle, ma vertueuse fille!

FERNANDE, *à Giboyer.*

J'accepte un nom honorable, honorablement offert, et je vous promets de le porter dignement.

GIBOYER, *les deux mains tendues.*

Maximilien ! Fernande !

FERNANDE.

Est-ce que vous ne venez pas à la mairie avec nous? Dépêchons-nous, ça languit. Viens-tu, Maximilien?

MADAME GÉRARD.

Les bureaux seront fermés.

FERNANDE.

Après tout, cela ne fait rien, nous pourrions toujours nous marier ce soir.

MAXIMILIEN.

O sainte ignorance du mal, ô vertu!

FERNANDE.

Voyons, débarrassons-nous tout de suite de la mairie, puisque c'est l'usage.

GIBOYER.

Maximilien, Fernande, vous parlerez quelquefois de moi à mes petits-enfants!

MAXIMILIEN.

A qui nous tordrons le cou, madame et moi, s'ils vous ressemblent.

GIBOYER, *au machiniste.*

Au rideau! (*Au public.*) Ah! pardon, messieurs, mille pardons, mais je me croyais encore régisseur en second au théâtre de Marseille. (*Confidentiellement, au coin du théâtre.*) Rappelez-les tous.

FIN

www.ingramcontent.com/pod-product-compliance
Ingram Content Group UK Ltd.
Pitfield, Milton Keynes, MK11 3LW, UK
UKHW021011180726
13838UKWH00004B/1512